# 聊齋志異

四册

清・蒲松齡著

黄山書社

# 聊齋志異卷四

淄川 蒲松齡 留仙 著
新城 王士正 貽上 評

## 阿纖

奚山者高密人貿販爲業往往客蒙沂之間一日途中阻雨及至所常宿處而夜已深徧叩肆門無有應者徘徊廡下忽二扉豁開一叟出便納客入山喜從之縶蹇登堂堂上迄無几榻叟曰我憐客無歸故相容納我實非賣食沽飲者家中無多手指惟有老荊弱女眠熟矣



雖有宿肴苦少烹鬻勿嫌冷啜也言已便入少頃以短足牀來置地上促客坐又入攜一短足几至拔來報往蹀躞甚勞山起坐不自安曳令暫息少間一女郎出行酒叟顧曰我家阿纖興矣視之年十六七窈窕秀弱風致嫣然山有少弟未婚竊屬意焉因詢叟淸貫尊閥荅云士虛姓古子孫皆夭折剩有此女適不忍攪其酣睡想老荊喚起矣問壻家阿誰荅言未字山竊喜旣而品味雜陳似所宿具食已致恭而言曰萍水之人遂蒙寵惠沒齒所不敢忘緣翁盛德乃敢遽陳朴魯僕有幼弟

三郎十七歲矣讀書肄業頗不頑冥欲求援繫不嫌寒賤否叟喜曰老夫在此亦是僑寓倘得相托便假一廬移家而往庶免懸念山都應之遂起展謝叟殷勤安置而去雞既唱叟已出呼客盥沐束裝已酬以飯金固辭曰客留一飯萬無受金之理矧附爲婚姻乎既别客月餘乃返去村里餘遇老媪率一女郎冠服盡素既近疑似阿纖女郎亦頻轉顧因把媪袂附耳不知何辭媪便停步向山曰君奚姓耶山唯唯媪慘然曰不幸老翁壓於敗堵今將上墓家虛無人請少待路側行即還也遂入林去移時始來途已昏冥遂與偕行道其孤弱不覺哀啼山亦酸惻媪曰此處人情大不平善孤孀難以過度阿纖既爲君家婦過此恐遲時日不如早夜同歸山可之既至家媪挑燈供客已謂山曰意君將至儲粟都已糶去尚存廿餘石遠莫致之北去四五里村中第一門有談二泉者是吾售主君勿憚勞先以尊乘運一囊去叩門而告之但道南村古姥有數石粟糶作路用煩驅蹄蹴一致之也即以囊粟付山山策蹇去叩戶一碩腹男子出告以故傾囊先歸俄有兩夫以五騾至媪引

山至粟所乃在窖中山下爲掾斗執概母放女收頃刻盈裝付之以去凡四反而粟始盡既而以金授媼媼留其一人二畜治任遂東行二十里天始曙至一市市頭賃騎談僕乃返既歸山以情告父母相見甚喜即以別第館媼卜吉爲三郎完婚媼治奩粧甚備阿纖寡言少怒或與語但有微笑晝夜績織無停晷以是上下悉憐悅之囑三郎曰寄語大伯再過西道勿言吾母子也居三四年奚家益富三郎入泮矣一日山宿古之舊鄰偶及曩年無歸投宿翁媼之事主人曰客悞矣東鄰爲阿



伯別第三年前居者輒睹怪異故空廢甚久有何翁媼相聞山甚訝之而未深言主人又曰此宅向空十年無敢入者一日第後牆傾伯往視之則石壓巨鼠如猫尾在內猶搖急歸呼衆共往則已渺矣羣疑是物爲妖後十餘日復入試驗寂無形聲又年餘始有居人山益奇之歸家私語竊疑新婦非人陰爲三郎慮而三郎篤愛如常久之家中人紛相猜議女微察之夜中語三郎曰妾從君數載未嘗少失德今置之不以人齒請賜離婚書聽君自擇良耦因泣下三郎曰區區寸心宜所夙知

自鄉入門家日以豐咸以福澤歸卿烏得有異言女曰君無二心妾豈不知但衆口紛紜恐不免秋扇之捐三郎再四慰解乃已山終不釋日求善撲之猫以覘其意女雖不懼然蹙蹙不快一夕謂嫗小恙辭三郎省侍之天明三郎往訊則室內已空駭極使人於四途蹤跡之並無消息中心營營寢食都廢而父兄皆以爲幸交慰藉藉將爲緒婚而三郎殊不懌俟之年餘音問以絕父兄輒相誚責不得已以重金買妾然思阿纖不衰又數年奚家日漸貧由是咸憶阿纖有叔弟嵐以故至膠迂



道宿表戚陸生家夜聞鄰哭甚哀未遑詰也既返復聞之因問主人荅云數年前有寡母孤女僦居於是月前姥死女獨處無一綫之親是以哀耳問何姓曰姓古嘗閉戶不與里社通故未悉其家世嵐驚曰是吾嫂也因往欵扉有人揮涕出隔扉應曰客何人我家故無男子嵐隙窺而遥審之果嫂便曰嫂啟關我是叔家阿遂女聞之拔關納入訴其孤苦意悽愴悲懷嵐曰三兄憶念頗苦夫妻即有乖迕何遂遠遁至此即欲賃輿同歸女慘然曰我以人不齒數故遂與母偕隱今又返而依人

誰不加白眼如欲復還當與大兄分炊不然行乳藥求
死耳嵐既歸以告三郎三郎星夜馳去夫妻相見各有
涕洟次日告其屋主屋主謝監生窺女美陰欲圖致爲
妾數年不取其値頻風示媼媼絕之媼死竊幸可謀而
三郎忽至逼計房租以留難之三郎家故不豐聞金多
頗有憂色女言不妨引三郎視倉儲約粟三十餘石償
租有餘三郎喜以告謝謝不受粟故索金女歎曰此皆
妾身之惡障也遂以其情告三郎三郎怒將訴於邑陸
氏止之爲散粟於里黨斂貲償謝以車送兩人歸三郎



實告父母與兄析居阿纖出私金日建倉廩而家中尚
無儋石共奇之年餘驗視則倉中盈矣不數年家大富
而山苦貧女移翁姑自養之輒以金粟周兄狃以爲常
三郎喜曰卿可云不念舊惡矣女曰彼自愛弟耳且非
渠妾何緣識君哉後亦無甚怪異

## 瑞雲

瑞雲杭之名妓色藝無雙年十四歲其母蔡媼將使女
應客瑞雲告曰此奴終身發軔之始不可草草價由母
定客則聽女自擇之媼曰諾乃定價十五金遂日見客

客求見者以贄贄厚者接一奕酬一畫薄者留一茶而已瑞雲名譟已久自此富商貴介日接於門餘杭賀生才名夙著而家僅中貲素仰瑞雲固未敢擬鴛夢亦竭微贄冀得一覩芳澤竊恐其閱人既多不以寒酸在意及至相見一談而欵接殊殷坐語良久眉目含情作詩贈生曰何事求漿者藍橋叩曉關有心尋玉杵端只在人間生得之狂喜更欲有言忽小鬟白客來生倉卒遂別既歸吟玩詩詞夢魂縈擾過一二日情不自已修贄復往瑞雲接見良懽移坐近生悄然謂能圖一宵之聚



否生曰窮踧之士惟有癡可獻知己一絲之贄已竭綿薄得近芳容意願已足若肌膚之親何敢作此夢想瑞雲聞之戚然不樂相對遂無一語生久坐不出媼頻喚瑞雲以促之生乃歸心甚邑邑思欲罄家以博一懽而更盡而別此情復何可耐籌思及此熱念都消由是音息遂絕瑞雲擇壻數月更不得一當媼頗恚將强奪之而未發也一日有秀才投贄坐語少時便起以一指按女額曰可惜可惜遂去瑞雲送客返共視額上有指印黑如墨濯之益真過數日黑痕漸濶年餘連顴徹準矣

見者輒笑而車馬之跡以絕媼斥去妝飾使與婢輩伍
瑞雲又荏弱不任驅使日益憔悴賀聞而過之見蓬首
廚下醜狀類鬼舉首見生面壁自隱賀憐之與媼言願
贖媼許之賀貨田傾裝買之而歸入門牽衣攬涕且不
敢以伉儷自居願備妾媵以俟來者賀曰人生所重者
知己卿盛時猶能知我我豈以衰故忘卿乎遂不復娶
聞者共姍笑之而生情益篤居年餘偶至蘇有和生與
同主人忽問杭有名妓瑞雲近何如矣賀以適人對又
問何人曰其人率與僕等和曰若能如君可謂得人矣

不知價幾何許賀曰緣有奇疾姑從賤售耳不然如僕
者何能勾欄中買佳麗哉又問其人果能如君否賀以
其問之異因反詰之和笑曰實不相欺昔曾一覲其芳
儀甚惜其絕世之姿而流落不偶故以小術晦其光而
保其璞留待憐才者之眞鑑耳賀急問曰君能點之亦
能滌之否和笑曰烏得不能但須其人一誠求耳賀起
拜曰瑞雲之壻即某是也和喜曰天下惟眞才人爲能
多情不以妍媸易念也請從君歸便贈一佳人遂與同
返旣至賀將命酒和止之曰先行吾法當先令治具者

有懼心也即令以盥器貯水戟指而書之曰濯之當愈然須親出一謝醫人也賀笑捧而去立俟瑜雲自靧之隨手光潔艷麗一如當年夫婦共德之同出展謝而客已渺徧覓之不可得意者其仙與

## 龍飛相公

安慶戴生少薄行無檢幅一日自他醉歸途中遇故表兄季生醉後昏眊亦忘其死問向在何所季曰僕已異物君忘之耶戴始恍然而醉亦不懼問冥間何作荅云近在轉輪王殿下司錄戴曰人世禍福當必知之季曰此僕職也烏得不知但過煩非甚關切不盡記耳三日前偶稽冊尚睹君名戴急問其何詞季曰不敢相欺尊名在黑暗獄中戴大懼酒亦醒苦求拯拔季曰此亦所能効力惟善可以已之然君惡籍盈指非大善不可復挽窮秀才有何大力即日行一善非年餘不能相準今已晚矣但從此砥行則地獄中或有出時戴聞之泣下伏地哀懇及仰首而季已杳矣悒悒而歸由此洗心改行不敢差跌先是戴私其鄰婦鄰人聞知而不肯發思掩執之而戴自改行永與婦絕鄰人伺之不得以爲恨

一日過於田間陽與語紿窺眢井因而墮之井深數丈計必死而戴中夜甦醒坐井中大號殊無知者鄰人恐其復生過宿往聽之聞其聲急投石戴移閉洞中不敢復作聲鄰人知其不死劚土塡井幾滿之洞中冥黑眞與地獄無少異者空洞無所得食計無生理蒲伏漸入則三步外皆水無所復之還坐故處初覺腹餒久竟忘之因思重泉下無善可行惟長宣佛號而已既見燐火浮游熒熒滿洞因而祝之聞靑燐悉爲冤鬼我雖暫生固亦難反如可共話亦慰寂寞但見諸燐悉浮水來燐



中皆有一人高約人身之半詰所自來答云此古煤井主人攻煤震動古墓被龍飛相公決地海之水溺死四十三人我等皆其鬼也問相公何人曰不知也但相公文學士今爲城隍幕客彼亦憐我無辜三五日輒一施水粥要我輩冷水浸骨超拔無日君倘再履人世祈撈殘骨葬一義塚則惠及泉下者多矣戴曰如有萬分一此卽何難但身在九地安望重睹天日乎因教諸鬼使念佛捻塊代珠記其藏數不知時之昏曉倦則眠醒則坐而已忽見深處有籠燈衆喜曰龍飛相公施食矣邀

戴同往戴慮水沮衆强扶曳以行飄然履虛曲折半里許至一處衆釋令自行步益上如升數仞之階階盡睹房廊堂上燒明燭一枝大如臂戴久不見火光喜極趨上上坐一叟儒服儒巾戴嚴步不敢前叟已睹之訝問生人何來戴上伏地自陳叟曰我耳孫也因令起賜之坐自言戴潛字龍飛曩因不肖孫堂連結匪類近墓作井使老夫不安於夜室故以海水沒之今其後續如何矣蓋戴近宗凡五支堂居長初邑中大姓賂堂攻煤於其祖塋之側諸弟畏其强莫敢爭無何地水暴至採煤



人盡死井中諸死者家羣興大訟堂及大姓皆以此貧堂子孫至無立錐戴乃堂弟裔也曾聞先人傳其事因告翁翁曰此等不肖其後烏得昌汝既來此當毋廢讀因餉以酒饌遂置卷案頭皆成宏制藝迫使研讀又命題課文如師授徒堂上燭常明不翦亦不滅倦時輒眠莫辨晨夕翁時出則以一僮給役歷時若有數年之久然幸無苦但無別書可讀惟制藝百首首四千餘遍矣公一日謂曰汝孽報已滿合還人世余塚鄰煤洞陰風刺骨得志後遷我於東原戴敬諾翁乃喚集羣鬼仍送

至舊坐處尋鬼羅拜再囑戴亦不知何許可出先是家中失戴搜訪既窮母告官繫累多人並少踪緒積三四年官離任緝察亦弛戴妻不安於室遣嫁去會里中人復治舊井入洞見戴撫之未死大駭報諸其家舁歸經日始能言其底裏自戴入井鄰人毆殺其婦爲婦翁所訟駁審年餘僅存皮骨而歸聞戴復生大懼亡去宗人議究治之戴不許且謂曩時實所自取此冥中之譴於彼何與焉鄰人察其意無他始逡巡而歸井水既涸戴買人入洞拾骨俾各爲具市棺設地葬叢塚焉又稽宗譜名潛字龍飛先設品物祭諸其塚學使聞其異又賞其文是科以優等入闈遂捷於鄉既歸營兆東原遷龍飛厚葬之春秋上墓歲歲不衰

異史氏曰余鄉有攻煤者洞沒於水十餘人沉溺其中竭水求尸兩月餘始得涸而十餘人並無死者蓋水大至時共泅高處得不溺縋而上之見風始絕一晝夜乃漸甦始知人在地下如蛇鳥之蟄急切未能死也然未有至數年者苟非至善三年地獄中烏得有生人哉

## 珊瑚

安生大成重慶人父孝廉早卒弟二成幼生娶陳氏小字珊瑚而生母沈悍繆不仁遇之虐珊瑚無怨色每早旦靚妝往朝值生疾母謂其誨淫詬責之珊瑚退毁妝以進母益怒投顙自撾生素孝鞭婦母始少解自此益憎婦婦雖奉事惟勤終不與交一語生知母怒亦寄宿他所示與婦絶久之母終不快觸物類而罵之意皆在珊瑚生曰娶妻以奉姑嫜今若此何以妻爲遂出珊瑚使老嫗送諸其家方出里門珊瑚泣曰爲女子不能作婦歸何以見雙親不如死袖中出剪刀刺喉急救之血



溢沾襟扶歸生族嬸家嬸王氏寡居無耦遂止焉嫗歸生囑隱其情而心竊恐母知過數日探知珊瑚創漸平登王氏門使勿留珊瑚王召之入不入但盛氣逐珊瑚無何珊瑚出見生便問珊瑚何罪生責其不能事母珊瑚脉脉不作一言惟俯首嗚泣泪皆赤素衫盡染生慘惻不能盡詞而退又數日母已聞之怒詣王惡言誚讓王傲不相下反數其惡且言婦已出尚屬安家何人我自留陳氏女非留安氏婦也何煩强與他家事母怒甚而窮於詞又見其意氣洶洶懾沮大哭而返珊瑚意不

自安思他適先是生有母姨于媼卽沈姊也年六十餘子死止一幼孫及寡媳又嘗善視珊瑚遂辭王往投媼媼詰得故極道妹子昏暴卽欲送之還珊瑚力言其不可兼囑勿言於是與于媼居類姑婦焉珊瑚有兩兄聞而憐之欲移之歸而嫁之珊瑚執不肯惟從于媼紡績以自度生自出婦母多方爲子謀婚而悍聲流播遠近無與爲耦積三四年二成漸長遂先爲畢姻二成妻臧姑驕悍戾沓尤倍於母母或怒以色則臧姑怒以聲二成又懦不敢爲左右袒於是母威頓減莫敢攖反望色



笑而承迎之猶不能得臧姑懽臧姑役母若婢生不敢言惟身代母操作滌器汛掃之事皆與焉母子恒於無人處相對飲泣無何母以鬱積病委頓在牀便溺轉側皆須生生晝夜不得寐兩目盡赤呼弟代役甫入門臧姑輙喚去之生於是奔告于媼冀媼臨存入門泣且訴訴未畢珊瑚自幃中出生大慚禁聲欲出珊瑚以兩手叉扉生窘急自肘下冲出而歸亦不敢以告母無何于媼至母喜止之由此媼家無日不以人來來輙以甘旨餉媼媼寄語寡媳此處不餓後勿復爾而家中饋遺卒

無少間嫗不肯少嘗輒留以進病者母病亦漸瘥嫗幼
孫又以母命將佳餌來問疾沈嘆曰賢哉婦乎姊何修
者嫗曰妹已去婦何如沈曰噫誠不至夫巳氏之甚也
然烏如甥婦賢嫗曰婦在汝不知勞汝怒婦不知怨惡
乎弗如沈乃泣下且告之悔曰珊瑚嫁也未者答云不
知俟訪之又數日病良已嫗欲别沈泣曰恐姊去我仍
死耳嫗乃與生謀析二成居二成告臧姑臧姑不樂語
侵兄兼及嫗生願以良田悉歸二成臧姑乃喜立析產
書已嫗始去明日以車乘迎沈沈至其家先求見甥婦

極道甥婦德嫗曰小女子百善何遂無一疵余固能容
之子即有婦如吾婦恐亦不能享也沈曰嗚呼冤哉謂
我木石鹿豕耶具有口鼻豈有觸香臭而不知者嫗曰
被出如珊瑚不知念子作何語曰罵之耳嫗曰誠反躬
無可罵亦惡乎而罵之曰瑕疵人所時有惟其不能賢
是以知其罵也嫗曰當怨者不怨則德焉者可知當去
者不去則撫焉者可知向之所餽遺而奉事者固非予
婦也而婦也沈驚曰如何曰珊瑚寄此久矣向之所供
皆渠夜績之所貽也沈聞之泣數行下曰我何以見吾

婦矣嫗乃呼珊瑚珊瑚含涕而出伏地下母慚痛自撾
嫗力勸始止遂爲姑媳如初十餘日偕歸家中薄田數
畝不足自給惟恃生以筆耕婦以針黹二成稱饒足然
兄不之求弟亦不之顧也臧姑以嫂之出也鄙之嫂亦
惡其悍置不齒兄弟隔院居臧姑時有凌虐一家盡掩
其耳臧姑無所用虐虐夫及婢婢一日自經死婢父訟
臧姑二成代婦質理大受扑責仍坐拘臧姑生上下爲
之營脫卒不免臧姑械十指肉盡脫官貪暴索望良奢
二成質田貸貲如數內入始釋歸而債家責負日亟不
得已悉以良田鬻於村中任翁翁以田半屬大成所讓
要生署券生往翁忽自言我安孝廉也任某何人敢市
吾業又顧生曰冥間感汝夫妻孝故使我暫歸一面生
出涕曰父有靈急救吾弟曰逆子悍婦不足惜也歸家
速辦金贖吾血產生曰母子僅自存活安得多金曰紫
薇樹下有藏金可以取用欲再問之翁已不語少時而
醒茫不自知生歸告母亦未深信臧姑已率數人發窖
坎地四五尺止見磚石並無所謂金者失意而去生聞
其掘藏戒母與妻勿往視後知其無所獲母竊往窺之

見磚石雜土中遂返珊瑚繼至則見土內悉白鏹呼生往驗之果然生以先人所遺不忍私召二成均分之數適得揭取之二各囊之而歸二成與臧姑共驗之啟囊則瓦礫滿中大駭疑二成爲兄所愚使二成往窺兄兄方陳金几上與母相慶因實告兄生亦駭而心甚憐之舉金而並賜之二成乃喜往酬債訖甚德兄臧姑曰即此益知兄詐若非自愧於心誰肯以瓜分者復讓人乎二成疑信半之次日債主遣僕來言所償皆僞金將執以首官夫妻皆失色臧姑曰如何哉我固謂兄賢不至於此是將以殺汝也二成懼往哀債主主怒不釋二成乃劵田於主聽其自售始得原金而歸細視之見斷金二鋌僅裹真金一韭葉許中盡銅矣臧姑因與二成謀留其斷者餘仍返諸兄以觀之且教之言曰屢承讓德實所不忍薄留二鋌以見推施之義所存物產尚與兄等余無庸多田也業已棄之贖否在兄生不知其意固讓之二成辭甚決生乃受秤之少五兩餘命珊瑚質奩以滿其數攜付債主主疑似舊金以剪刀斷驗之紋色俱足無少差謬遂收金與生易劵二成還金後意其必

有參差既聞舊業已贖大奇之臧姑疑掘時兄先隱其眞金忿詣兄所責數詬厲生乃悟反金之故珊瑚迎而笑曰產固在耳何怒焉使生出劵付之二成一夜夢父責之曰汝不孝不弟冥限已迫寸土皆非已有占賴將以奚爲醒告臧姑欲以田歸兄臧嗤其愚是時二成有兩男長七歲次三歲無何長男病痘死臧姑懼使二成退劵於兄言之再三生不受未幾次男又死臧姑益懼自以劵置嫂所春將盡田蕪穢不耕生不得已種治之臧姑自此改行定省如孝子敬嫂亦至未半年而母病卒臧姑哭之慟至食飲不入口向人曰姑早死使我不得事是天不許我自贖也產十胎皆不育遂以兄子爲子生夫妻皆壽終生三子舉兩進士人以爲孝友之報云

異史氏曰不遭跋扈之惡不知靖獻之忠家與國有同情哉逆婦化而母死蓋一堂孝順無德以堪之也臧姑自克謂天不許其自贖非悟道者何能此言乎然應迫死而以壽終天固已恕之矣生於憂患有以矣夫

五通

南有五通猶北之有狐也然北方狐祟尙百計驅遣之至於江浙五通民家有美婦輒被淫占父母兄弟皆莫敢喘息爲害尤烈有邵弧者吳之典商也妻閻氏頗風格一夜有丈夫岸然自外入按劒四顧婢媼盡奔閻欲出丈夫橫阻之曰勿相畏我五通神四郎也我愛汝不爲汝禍因抱腰如舉嬰兒置牀上裙帶自脫遂狎之而偉岸甚不可堪迷惘中呻楚欲絕四郎亦憐惜不盡其器既而下牀曰我五日當復來乃去弧於門外設典肆是夜婢奔告之弧知其五通不敢問質明視妻憊不起心甚羞之戒家人勿播婦三四日始就平復而懼其復至婢媼不敢宿內室悉避外舍惟婦對燭含愁以俟之無何四郎偕兩人入皆少年蘊藉有僮列肴酒與婦共飲婦羞縮低頭强之飲亦不飲心惕惕然恐更番爲淫則命合盡矣三人互相勸酬或呼大兄或呼三弟飲至中夜上座二客並起曰今日四郎以美人見招會當邀二郎五郎釀酒爲賀遂辭而去四郎挽婦入幃婦哀免四郎强合之血液流離昏不知人四郎始去婦奄臥牀榻不勝羞憤思欲自盡而投繯則帶自絕屢試皆然苦

不得死幸四郎不常至約婦痊可始一來積兩三月一家俱不聊生有會稽萬生者邵之表弟剛猛善射一日過邵時已暮邵以客舍爲家人所積遂導客宿內院萬久不寐聞庭中有人行聲伏窻窺之見一男子入婦室疑之捉刀而潛視之見男子與閻氏並肩坐肴陳几上矣忿火中騰奔而入男子驚起急覓劒刀已中顱顱裂而踣視之則一小馬大如驢愕問婦具道之且曰諸神將至爲之柰何萬搖手禁勿聲滅燭取弓矢伏暗中未幾有四五人自空飛墮萬急發一矢首者殪三人吼怒



拔劒搜射者萬握刀倚扉後寂不少動一人入剁頸亦殪仍倚扉後久之無聲乃出叩關告邵邵大驚共燭之一馬兩豕死室中舉家相慶猶恐二物復讎留萬於家炰豕烹馬而供之味美異於常饈萬生之名由是大譟居月餘其怪竟絕乃辭欲去有木商某苦要之先是某有女未嫁忽五通晝降是二十餘美丈夫言將聘作婦委金百兩約吉期而去計期已迫闔家惶懼聞萬生名堅請過諸其家恐萬有難詞隱其情不以告盛筵既罷妝女出拜客年十六七是好女子萬錯愕不解其故離

坐傴僂某捺坐而實告之萬初聞而驚而生平意氣自豪故亦不辭至日某仍懸綵於門使萬坐室中日昃不至竊喜新郎已在誅數未幾見簷間忽如鳥墮則一少年盛服入見萬反身而奔萬追出但見黑氣欲飛以刀躍揮之斷其一足大嗥而去俯視則巨爪大如手不知何物尋其血跡入於江中某大喜聞萬無耦是夕即以所備牀寢使與女合巹焉於是素患五通者皆拜請一宿其家居年餘始攜妻而去自是吳中止存一通不敢公然爲害矣

異史氏曰五通青蛙惑俗已久遂至任其淫亂無人敢私議一語萬生眞天下之快人也

又

金生字王孫蘇州人設帳於淮館縉紳園中屋宇無多花木蒙雜夜既深僮僕散盡孤影徬徨意緒良苦一夜三漏將殘忽有人以指彈扉急問之對以乞火音類館僮啟戶內之則二八麗者一婢從諸其後生意妖魅窮詰甚悉女曰妾以君風雅之士枯寂可憐不畏多露相與遣此良宵恐言其故妾不敢來君亦不敢納也生又

疑爲鄰之奔女懼喪行檢敬謝之女橫波一顧生覺魂魄都迷忽顛倒不能自主婢已知之便云霞姑我且去女頷之既而呵之曰去則去耳甚得雲耶霞耶婢既去女笑曰適室中無人遂借婢從來無知如此遂以小字令君聞矣生曰卿深細如此故僕懼有禍機女曰久當自知保不敗君行止勿憂也上榻緩其裝束見臂上腕釧以條金貫火齊嘟雙明珠燭既滅光照一室生益駭終莫測其所自至事甫畢婢來叩窗女起以釧照徑入叢樹而去自此無夕不至生於去時遙尾之女似已覺



遽蔽其光樹濃茂昏不見掌而返一日生詣河北笠帶斷絕風吹欲落輒於馬上以手自按至河坐扁舟上飄風墮笠隨波竟去意頗自失既渡見大風飄笠圓轉空際漸落以手承之則帶已續矣異之歸齋向女緬述女不言但微哂之生疑女所爲曰卿果神人當相明告以祛煩惑女曰岑寂之中得此癡情人爲君破悶妾自謂不惡縱令妾能爲此亦相愛耳苦致詰難欲見絕耶生不敢復言先是生養甥女既嫁爲五通所惑心憂之而未以告人緣與女狎暱既久肺鬲無不傾吐女曰此等

物事家君能驅除之顧何敢以情人之私告諸嚴君生苦哀求計女沉思曰此亦易除但須親往若輩皆我家奴隸若令一指得着肌膚則此恥西江不能濯也生哀求無已女曰當即圖之次夕至告曰妾爲君遣婢南下矣婢子弱恐不能便誅却耳次夜方寢婢來叩戶生急起內入女問如何荅云力不能擒已宫之矣笑問其狀曰初以爲郎家也旣到始知其非比至壻家燈火已張入見娘子坐燈下隱几若寐我斂魂覆甌中少時物至入室急退曰何得寓生人審視無他乃復入我陽若迷



彼啟衾入又驚曰何得有兵氣本不欲以穢物汚指奈恐緩而生變遂急捉而閹之物驚嗥遁去乃起啟甌娘子若醒而婢子行矣生喜謝之女與俱去後半月餘絕不復至亦已絕望歲暮解館欲歸女忽至生喜逆之曰卿久見棄念必何處獲罪幸不終絕耶女曰終歲之好分手未有一言終屬缺事聞君捲帳故竊來一告別耳生請偕歸女嘆曰難言之矣今將別情不忍昧妾屬金龍大王之女緣與君有宿分故來相就不合遣婢江南致江湖流傳言妾爲君閹割五通家君聞之以爲大恥

忿欲賜死幸婢以身自任怒乃稍解杖婢以百數妾一跬步皆以保姆從之投隙一至不能盡此衷曲奈何言已欲别生挽之而泣女曰君勿爾後三十年可復相聚生曰僕三十年矣又三十年皤然一老何顏復見女曰不然龍宫無白叟也且人生壽夭不在容貌如徒求駐顏固亦大易乃書一方於卷頭而去生旋里甥女始言其異云當晚若夢覺一人捉塞盎中旣醒則血殷牀褥而怪絶矣生曰我曩禱河伯耳羣疑始解後生六十餘貌猶類三十許人一日渡河遥見上流浮蓮葉大如席一麗人坐其上近視則神女也躍從之人隨荷葉俱小漸至如錢而滅此事與邵弧一則俱明季事不知孰前孰後若在萬生用武之後則吳下僅遺半通宜其不足爲害也



## 申氏

涇河之側有士人子申氏者家宴貧竟日恒不舉火夫妻相對無以爲計妻曰無已子其盜乎申曰士人子不能亢宗而辱門戸羞先人跖而生不如夷而死妻忿曰子欲活而惡辱耶世不田而食者止有兩途汝既不能

盜我無寧娼耳申怒與妻語相侵妻含憤而眠申念爲男子不能謀兩餐至使妻欲娼固不如死潛起投繯庭樹間但見父來驚曰癡兒何至於此斷其繩囑曰盜可以爲須擇禾黍深處伏之此行可富無庸再矣妻聞墮地聲驚寤呼夫不應爇火覓之見樹上繯絶申死其下大駭撫捺之移時而甦扶臥牀上妻忿氣少平既明托夫病乞鄰得稀酏餌申申啜已出而去至午負一囊米至妻問所從來曰余父執皆世家向以搖尾爲羞故不屑以相求也古人云不遺者可無不爲今且將爲盜何



顧焉可速炊我將從卿言往行刼妻疑其未忘前言之忿含忍之因淅米作糜申飽食訖急尋堅木斧作梃持之欲去妻察其意似眞曳而止之申曰子教我爲事敗相累當無悔絶裾而去日暮抵鄰村違村里許伏焉忽暴雨上下淋溼遙望濃樹將以投止而電光一照已近村垣遠處似有行人恐爲所窺見垣下禾黍蒙密疾趨而入蹲避其中無何一男子來軀甚壯偉亦投禾中申懼不敢少動幸男子斜行去微窺之入於垣中默意垣內爲富室亢氏第此必梁上君子俟其重獲而出當合

有分又念其人雄健倘善取不予必至用武自度力不敵不如乘其無備而顛之計已定伏俟良耑時將雞鳴始越垣出足未及地申暴起梃中腰膂踣然傾跌則一巨龜喙張如盆大驚又連擊之遂斃先是亢翁有女絕慧美父母皆憐愛之一夜有丈夫入室狎逼爲懽欲號則舌已入口昏不知人聽其所爲而去羞以告人惟多集婢媼嚴扃門戶而已夜寢更不知扉何自開入室則羣衆皆迷婢媼徧淫之於是相告各駭以告翁翁戒家人操刀環繡闥室中人燭而坐約近夜半內外人一時



都瞑忽若夢醒見女白身臥狀類癡良久始寤翁甚恨之而無如何積數月女柴瘠頗殆每語人有能驅遣者謝金三百申平時亦悉聞之是夜得龜因悟祟翁女者必是物也遂叩門求賞翁喜延之上座使人舁龜於庭臠割之留申過夜其怪果絕乃如數贈之負金而歸妻以其隔宿不還方切憂盼見申入急問之申不言以金置榻上妻視幾駭絕曰子眞爲盜耶申曰汝逼我爲此又作是言妻泣曰前特以相戲耳今犯斷頭之罪我不能受賊人累也請先死乃奔申逐出笑曳而返之具以

實告妻乃喜自此謀生產稱素封焉

異史氏曰人不患貧患無行耳其行端者雖餓不死不爲人憐亦有鬼祐也世之貧者利所在忘義食所在忘耻人且不敢以一文相托而何以見諒於鬼神乎

## 恒娘

洪大業都中人妻朱氏姿致頗佳兩相愛悅後洪納婢寶帶爲妾貌遠遜朱而洪嬖之朱不平輙以此反目洪雖不敢公然宿妾所然益嬖寶帶疎朱後徙其居與帛商狄姓者爲鄰狄妻恒娘先過院謁朱恒娘三十許姿僅中人而言詞輕倩朱悅之次日荅其拜見其室亦有小妻年二十來甚娟好鄰居幾半年並不聞其詬誶一語而狄獨鍾愛恒娘副室則虛員而已朱一日見恒娘而問之曰余向謂良人之愛妾爲其爲妾也每欲易妻之名呼作妾今乃知不然夫人何術如可授願北面爲弟子恒娘曰嘻子則自疎而尤男子乎朝夕而絮聒之是爲叢驅雀其離滋甚耳其歸益縱之卽男子自來勿納也一月後當再爲子謀之朱從其言益飾寶帶使從丈夫寢洪一飲食亦使寶帶共之洪時一周旋朱朱拒

之益力於是共稱朱氏賢如是月餘朱往見恒娘恒娘喜曰得之矣子歸毀若妝勿華服勿脂澤垢面敝履雜家人操作一月後可復來朱從之衣敝補衣故不潔清而紡績外無他問洪憐之使寶帶分其勞朱不受輒叱去之如是者一月又往見恒娘恒娘曰孺子眞可教也後日爲上巳節欲招子踏春園子當盡去敝衣袍袴襪履嶄然一新早過我朱曰諾至日攬鏡細勻鉛黃一一如恒娘教妝竟過恒娘恒娘喜曰可矣又代挽鳳髻光可鑑影袍袖不合時製拆其綫更作之謂其履樣拙更



於笥中出業履共成之訖即令易着臨別飲以酒囑曰歸去一見男子即早閉戶寢渠來叩關勿聽也三度呼可一度納口索舌手索足皆吝之半月後當復來朱歸炫妝見洪洪上下凝睇之歡笑異於平時朱少話游覽便支頤作惰態日未昏即起入房闔扉眠矣未幾洪果來叩關朱堅臥不起洪始去次夕復然明日洪讓之朱曰獨眠習慣不堪復擾日既西洪入閨坐守之滅燭登牀如調新婦綢繆甚懽更爲次夜之約朱不可長與洪約以三日爲率半月許復詣恒娘恒娘闔門與語曰從

此可以擅專房矣然子雖美不媚也子之姿一媚可奪西施之寵況下者乎於是試使睨曰非也病在外背試使笑又曰非也病在左頤乃以秋波送嬌又囅然瓠犀微露使朱傚之凡數十作始略得其髣髴恒娘曰子歸矣攬鏡而嫺習之術無餘矣至於牀第之間隨機而動之因所好而投之此非可以言傳者也朱歸一如恒娘教洪大悅形神俱惑唯恐見拒日將暮則相對調笑跬步不離閨闥日以爲常竟不能推之使去朱益善遇寶帶每房中之宴輙呼與共榻坐而洪視寶帶益醜不終



席遣去之朱賺夫入寶帶房扃閉之洪終夜無所沾染於是寶帶恨洪對人輙怨謗洪益厭怒之漸施鞭楚寶帶忿不自修飾敝衣垢履頭類蓬葆更不復可言人矣恒娘一日謂朱曰我術何如矣朱曰道則至妙然弟子能由之而終不能知之也縱之何也曰子不聞乎人情厭故而喜新重難而輕易丈夫之愛妾非必其美也甘其所乍獲而幸其所難遘也縱而飽之則珍錯亦厭況藜羹乎毀之而復炫之何也曰置不留目則似久别忽覩豔妝則如新至譬貧人驟得粱肉則視脫粟非味矣

而又不易與之則彼故而我新彼易而我難此即子易妻爲妾之法也朱大悅遂爲閨中之密友積數年忽謂朱曰我兩人情若一體自當不昧生平向欲言而恐疑之也行相別敢以實告妾乃狐也幼遭繼母之變鬻妾都中良人遇我厚故不忍遽絕戀戀以至於今明日老父尸解妾往省覲不復還矣朱把手欷歔早旦往視則舉家惶駭恒娘已杳

異史氏曰買珠者不貴珠而貴櫝新舊難易之情千古不能破其惑而變憎爲愛之術遂得以行乎其間矣古佞臣事君勿令見人勿使窺書乃知容身固寵皆有心傳也



## 葛巾

常大用洛人癖好牡丹聞曹州牡丹甲齊魯心向往之適以他事如曹因假縉紳之園居焉而時方二月牡丹未華惟徘徊園中目注勾萌以望其坼作懷牡丹詩百絕未幾花漸含苞而資斧將匱尋典春衣流連忘反一日凌晨趨花所則一女郎及老嫗在焉疑是貴家宅眷亦遂遙返暮而往又見之從容避去微窺之宮妝豔絕

眩迷之中忽轉一想此必仙人世上豈有此女子乎急反身而摟之驟過假山適與嫗遇女郎方坐石上相顧失驚嫗以身障女叱曰狂生何爲生長跪曰娘子必是神仙嫗咄之曰如此妄言自當縶送令尹生大懼女郎微笑曰去之過山而去生返不能徙步意女郎歸告父兄必有訴辱之來偃臥空齋自悔孟浪竊幸女郎無怒容或當不復置念悔懼交集終夜而病日已向辰喜無問罪之師心漸寧帖而回憶聲容轉懼爲想如是三日憔悴欲死秉燭夜分僕已熟眠嫗入持甌而進曰吾家



葛巾娘子手合鴆湯其速飲生聞而駭既而曰僕與娘子夙無怨嫌何至賜死既爲娘子手調與其相思而病不如仰藥而死遂引而進之嫗笑持甌而去生覺藥氣香冷似非毒者俄覺肺鬲寬舒頭顱清爽酣然睡去既醒紅日滿窗試起病若失心益信其爲仙無可夤緣但於無人時彷彿其立處坐處虔拜而默禱之一日行去忽於深樹內覿面遇女郎無他人大喜投地女郎近曳之忽聞異香竟體即以手握玉腕而起指膚軟膩使人骨節欲酥正欲有言老嫗忽至女令隱身石後南指曰

夜以花梯度牆四面紅牕者卽妾居也匆匆遂去生悵然魂魄飛散莫能知其所往至夜移梯登南垣則垣下已有梯在喜而下果見紅牕室中聞敲棋聲佇立不敢復前姑踰垣歸少間再過子聲猶繁漸近窺之則女郎與一素衣美人相對着老嫗亦在坐一婢侍焉又返凡三往復三漏已催生伏梯上聞嫗出云梯也誰置此呼婢共移去之生登垣欲下無階恨悒而返次夕復往梯先設矣幸寂無人入則女郎兀坐若有思者見生驚起斜立含羞生揖曰自謂福薄恐於天人無分亦有今夕



耶遂狎抱之纖腰盈掬吹氣如蘭撐拒曰何遽爾生曰好事多磨遲爲鬼妬言未及已遥聞人語女急曰玉版妹子來矣君可姑伏牀下生從之無何一女子入笑曰敗軍之將尚可復言戰否業已烹茗敢邀爲長夜之歡女郎辭以困憊玉版固請之女郎堅坐不行玉版曰如此戀戀豈藏有男子在室耶强拉之出門而去生膝行而出恨絕遂搜枕簟冀一得其遺物而室內並無香奩祇牀頭有水精如意上結紫巾芳潔可愛懷之越垣歸自理襟袖體香猶凝傾慕益切然因伏牀之恐遂有懷

至一桑樹下指一石曰轉之生從之又拔頭上簪刺土數十下曰爬之生又從之則甕口已見女探之出白鏹近五十兩許生把臂止之不聽又出十餘鋌生強反其半而後掩之一夕謂生曰近日微有浮言勢不可長此不可不預謀也生驚曰且爲奈何小生素迂謹今爲卿故如寡婦之失守不復能自主矣一惟卿命刀鋸斧鉞亦所不遑顧耳女謀偕亡命生先歸約會於洛生治任旋里擬先歸而後逆之比至則女郎車適已至門登堂朝家人四鄰驚賀而並不知其竊而逃也生竊自危女殊坦然謂生曰無論千里外非邏察所及即或知之妾世家女卓王孫當無如長卿何也生弟大器年十七女顧之曰是有慧根前程尤勝於君完昏有期妻忽夭殞女曰妾妹玉版君固嘗窺見之貌頗不惡年亦相若作夫婦可稱嘉耦生聞之而笑戲請作伐女曰必欲致之即亦非難喜問何術曰妹與妾最相善兩馬駕輕車費一嫗之往返耳生懼前情俱發不敢從其謀女固言不害即命車遣桑嫗去數日至曹將近里門嫗下車使御者止而候於途乘夜入里良久偕女子來登車遂發昏

暮即宿車中五更復行女郎計其時日使大器盛服而逆之五十里許乃相遇御輪而歸鼓吹花燭起拜成禮由此兄弟皆得美婦而家又日以富一日有大寇數十騎突入第生知有變舉家登樓寇入圍樓生俯問有讎否荅言無讎但有兩事相求一則聞兩夫人世間所無請賜一見一則五十八人各乞金五百聚薪樓下爲縱火計以脅之先允其索金之請寇不滿志欲焚樓家人大恐女欲與玉版下樓止之不聽炫妝而下階未盡者三級謂寇曰我姊妹皆仙媛暫時一履塵世何畏寇盜



欲賜汝萬金恐汝不敢受也寇衆一齊仰拜喏聲不敢姊妹欲退一寇曰此詐也女聞之反身佇立曰意欲何作便早圖之尚未晚也諸寇相顧默無一言姊妹從容上樓而去寇仰望無跡鬨然始散後二年姊妹各舉一子始漸自言魏姓母封曹國夫人生疑曹無魏姓世家又且大姓失二女何得一置不問未敢窮詰而心竊怪之遂託故復詣曹入境諮訪世族無魏姓於是仍假館舊主人忽見壁有贈曹國夫人詩頗涉駭異因詰主人主人笑即請往觀曹夫人至則牡丹一本高與簷等問

所由名則以此花爲曹第一故同人戲封之問其何種曰葛巾紫也心益駭遂疑女爲花妖旣歸不敢質言但述贈夫人詩以覘之女蹙然變色遽出呼玉版抱兒至謂生曰三年前感君見思遂呈身相報今見猜疑何可復聚因與玉版皆舉兒遙擲之兒墮地並沒生方驚顧則二女俱渺矣悔恨不已後數日墮兒處生牡丹二株一夜經尺當年而花一紫一白朶如大盤較尋常之葛巾玉版瓣尤繁碎數年茂蔭成叢移分他所更變異種莫能識其名自此牡丹之盛洛下無雙焉



異史氏曰懷之專一神鬼可通偏反者亦不可謂無情也少府寂寞以花當夫人况真能解語何必力窮其源哉惜常生之未達也

## 黃英

馬子才順天人世好菊至才尤甚聞有佳種必購之千里不憚一日有金陵客寓其家自言其中表親有一二種爲北方所無馬欣動即刻治裝從客至金陵客多方爲之營求得兩芽褁藏如寶歸至中途遇一少年跨蹇從油碧車丰姿灑落漸近與語少年自言陶姓談言騷

雅因問馬所自來實告之少年曰種無不佳培漑在人因與論藝菊之法馬大悅問將何往答云姊厭金陵欲卜居於河朔耳馬欣然曰僕雖固貧茅廬可以寄榻不嫌荒陋無煩他適陶趨車前向姊咨稟車中人推簾語乃二十許絕世美人也顧弟言屋不厭卑而院宜得廣馬代諾之遂與俱歸第南有荒圃僅小室三四椽陶喜居之日過北院爲馬治菊菊已枯拔根再植之無不活然家清貧陶日與馬共食飲而察其家似不舉火馬妻呂亦愛陶姊不時以升斗餽卹之陶姊小字黃英雅善



談輒過呂所與共紉績陶一日謂馬曰君家固不豐僕日以口腹累知交胡可爲常爲今計賣菊亦足謀生馬素介聞陶言甚鄙之曰僕以君風流高士當能安貧今作是論則以東籬爲市井有辱黃花矣陶笑曰自食其力不爲貪販花爲業不爲俗人固不可苟求富然亦不必務求貧也馬不語陶起而出自是馬所棄殘枝劣種陶悉掇拾而去由此不復就馬寢食招之始一至未幾菊開聞其門囂喧如市怪之過而窺焉見市人買花者車載肩負道相屬也其花皆異種目所未睹心厭其貪

欲與絕而又恨其私秘佳本遂欵其扉將就誚讓陶出
握手曳入見荒庭半畝皆菊畦數椽之外無曠土劚去
者則折別枝插補之其蓓蕾在畦者罔不佳妙而細認
之皆向所拔棄也陶入屋出酒饌設席畦側曰僕貧不
能守清戒連朝幸得微貲頗足供醉少間房中呼三郎
陶諾而去俄獻佳肴烹飪良精因問貴姊胡以不字荅
云時未至問何時曰四十三月又詰何說但笑不言盡
歡始散過宿又詣之新插者已盈尺矣大奇之苦求其
術陶曰此固非可言傳且君不以謀生焉用此又數日



門庭略寂陶乃以蒲席包菊捆載數車而去踰歲春將
半始載南中異卉而歸於都中設花肆十日盡售復歸
藝菊問之去年買花者留其根次年盡變而劣乃復購
於陶陶由此日富一年增舍二年起夏屋興作從心更
不謀諸主人漸而舊日花畦盡為廊舍更買田一區築
墉四周悉種菊至秋載花去春盡不歸而馬妻病卒意
屬黃英微使人風示之黃英微笑意似允許惟專候陶
歸而已年餘陶竟不至黃英課僕種菊一如陶得金益
合商賈村外治膏田二十頃甲第益壯忽有客自東粵

來寄陶函信發之則囑姊歸馬考其寄書之日卽妻死之日回憶園中之飲適四十三月也大奇之以書示英請問致聘何所英辭不受采又以故居陋欲使就南第居若贅焉馬不可擇日行親迎禮黃英旣適馬於壁間開扉通南第日過課其僕馬恥以妻富恒囑黃英作南北籍以防淆亂而家所須黃英輒取諸南第不半歲家中觸類皆陶家物馬立遣人一一賫還之戒勿復取未浹旬又雜之凡數更馬不勝煩黃英笑曰陳仲子毋乃勞乎馬慙不復稽一切聽諸黃英鳩工庀料土木大作



馬不能禁經數月樓舍連亘兩第竟合爲一不分疆界矣然遵馬教閉門不復業菊而享用過於世家馬不自安曰僕三十年清德爲卿所累今視息人間徒依裙帶而食眞無一毫丈夫氣矣人皆祝富我但祝窮耳黃英曰妾非貪鄙但不少致豐盈遂令千載下人謂淵明貧賤骨百世不能發迹故聊爲我家彭澤解嘲耳然貧者願富爲難富者求貧固亦甚易牀頭金任君揮去之妾不靳也馬曰捐他人之金抑亦良醜黃英曰君不願富妾亦不能貧也無已析君居清者自清濁者自濁何害

籠以素紗惟恐磨滅非爲干祿實信書中眞有金粟晝夜研讀無間寒暑年二十餘不求婚配冀卷中麗人自至見賓親不知溫涼三數語後則誦聲大作客逡巡自去每文宗臨試輒首拔之而苦不得售一日方讀忽大風飄卷去急逐之踏地陷足探之穴有腐草掘之乃古人窖粟朽敗已成糞土雖不可食而益信千鍾之說不妄讀益力一日梯登高架於亂卷中得金輦徑尺大喜以爲金屋之驗出以示人則鍍金而非眞金心竊怨古人之誑已也居無何有父同年觀察是道性好佛或勸



郎獻輦爲佛龕觀察大悅贈金三百馬二匹郎喜以爲金屋車馬皆有驗因益刻苦然行年已三十矣或勸之娶曰書中自有顏如玉我何憂無美妻乎又讀二三年迄無效人咸揶揄之時民間訛言天上織女私逃或戲郎天孫竊奔蓋爲君也郎知其戲置不辯一夕讀漢書至八卷卷將半見紗翦美人夾藏其中駭曰書中顏如玉其以此應之耶心悵然自失而細視美人眉目如生背隱隱有細字云織女大異之日置卷上反覆瞻玩至忘食寢一日方注目間美人忽折腰起坐卷上微笑郎

驚絕伏拜案下既起已盈尺矣益駭又叩之下几亭亭宛然絕代之姝拜問何神美人笑曰妾顏氏字如玉君固相知已久日垂青盼脫不一至恐千載下無復有篤信古人者郎喜遂與寢處然枕席間親愛倍至而不知爲人每讀使女坐於其側女戒勿讀不聽女曰君所以不能騰達者徒以讀耳試觀春秋榜上讀如君者幾人若不聽妾行去矣郎暫從之少頃忘其教吟誦復起踰刻索女不知所在神志喪失跪而禱之殊無影迹忽憶所隱處取漢書細檢之直至舊所果得之呼之不動伏



以哀祝女乃下曰君再不聽當相永絕因使治棋枰樗蒲之具日與遨戲而郎意殊不屬覷女不在則竊卷流覽恐爲女覺陰取漢書第八卷雜溷他所以迷之一日讀酣女至竟不之覺忽睹之急掩卷而女已亡矣大懼冥搜諸卷渺不可得既仍於漢書八卷中得之葉數不爽因再拜祝矢不復讀女乃下與之弈曰三日不工當復去至三日忽一局贏女二子女乃喜授以絃索限五日工一曲郎手營目注無暇他及久之隨指應節不覺鼓舞女乃日與飲博郎遂樂而忘讀女又縱之出門使

結客巾此倜儻之名暴著女曰子可以出而仕矣郎一夜謂女曰凡人男女同居則生子今與卿居久何不然也女笑曰君日讀書妾固謂無益今即夫婦一章尚未了悟枕席二字有工夫郎驚問何工夫女笑不言少間潛迎就之郎樂極曰我不意夫婦之樂有不可言傳者於是逢人輒道無有不掩口者女知而責之郎曰鑽穴踰隙者始不可以告人天倫之樂人所皆有何諱焉過八九月女果舉一男買媼撫字之一日謂郎曰妾從君二年業生子可以別矣久恐爲君禍悔之已晚郎聞言



泣下伏不起曰卿不念呱呱者耶女亦悽然良久曰必欲畱當舉架上書盡散之郎曰此卿故鄉乃僕性命何出此言女不之強曰妾亦知其有數不得不預告耳先是親族或窺見女無不駭絕而又未聞其締姻何家共詰之郎不能作僞語但默不言人益疑郵傳幾徧聞於邑宰史公史閩人少年進士聞聲傾動竊欲一睹麗容因而拘郎及女女聞之遁匿無跡宰怒收郎斥革衣襟梏械備加務得女所自往郎垂死無一言械其婢略能道其髣髴宰以爲妖命駕親臨其家見書卷盈屋多不勝

搜乃焚之庭中煙結不散暝若陰霾郎旣釋遠求父門人書得從辨復是年秋捷次年舉進士而銜恨切於骨髓爲顏如玉之位朝夕而祝曰卿如有靈當佑我官於閩後果以直指巡閩居三月訪史惡欵籍其家時有中表爲司理逼納愛妾托言買婢寄署中案旣結郎卽日自劾取妾而歸

異史氏曰天下之物積則招妒好則生魔女之妖書之魔也事近怪誕治之未爲不可而祖龍之虐不已慘乎其存心之私更宜得怨毒之報也嗚呼何怪哉



## 齊天大聖

許盛兗人從兄成賈於閩貨未居積客言大聖靈著將禱諸祠盛未知大聖何神與兄俱往至則殿閣連蔓窮極宏麗入殿瞻仰神猴首人身蓋齊天大聖孫悟空云諸客肅然起敬無敢有惰容盛素剛直竊笑世俗之陋衆焚奠叩祝盛潛去之旣歸兄責其慢盛曰孫悟空乃丘翁之寓言何遂誠信如此如其有神刀槊雷霆余自受之逆旅主人聞呼大聖名皆搖手失色若恐大聖聞盛見其狀益譁辨之聽者皆掩耳而走至夜盛果病頭

痛大作或勸詣祠謝盛不聽未幾頭小愈股又痛竟夜生巨疽連足盡腫寢食俱廢兄代禱迄無驗或言神譴須自祝盛卒不信月餘瘡漸斂而又一疽生其痛倍苦醫來以刀割腐肉血溢盈碗恐人神其詞故忍而不呻又月餘始就平復而兄又大病盛曰何如矣敬神者亦復如是足徵吾之疾非由悟空也兄聞其言益恚謂神遷怒責弟不爲代禱盛曰兄弟如手足前日支體糜爛而不之禱今豈以手足之病而易吾守乎但爲延醫剉藥而不從其禱藥下兄暴斃盛慘痛結於心腹買棺殮



兄已投祠指而數之曰兄病謂汝遷怒使我不能自白倘爾有神當令死者復生余卽北面稱弟子不敢有異詞不然當以汝處三清之法還處汝身亦以破吾兄地下之惑至夜夢一人招之去入大聖祠仰見大聖有怒色責之曰因汝無狀以菩薩刀穿汝脛股猶不自悔嘖有煩言本宜送拔舌獄念汝一生剛鯁姑置宥赦汝兄病乃汝以庸醫夭其壽數於人何尤今不少施法力益令狂妄者引爲口實乃命青衣使請命於閻羅青衣白三日後鬼籍已報天庭恐難爲力神取方版命筆不知

何詞使青衣執之而去良久乃返成與俱來並跪堂上神問何遲青衣白閻摩不敢擅專又持大聖旨上咨斗宿是以來遲盛趨上拜謝神恩神曰可速與兄俱去若能向善當爲汝福兄弟悲喜相將俱歸醒而異之急起啟棺視之兄果已甦醒扶出極感大聖力盛由此誠服信奉更倍於流俗而兄弟貲本病中已耗其半兄又未健相對長愁一日偶游郊郭忽一褐衣人相之曰子何憂也盛方苦無所訴因而備述其遭褐衣人曰有一佳境暫往瞻矚亦足破悶問何所但言不遠從之出郭半



里許褐衣人曰予有小術頃刻可到因命以兩手抱腰略一點首遂覺雲生足下騰踔而上不知幾百由旬盛大懼閉目不敢少啟頃之曰至矣忽見琉璃世界光明異色訝問何處曰天宮也信步而行上下益高遥見一叟喜曰適遇此老子之福也舉手相揖叟邀過其所烹茗獻客止兩盞殊不及盛褐衣人曰此吾弟子千里行賈敬造仙署求所贈餽叟命僮出白石一柈狀類雀卵瑩澈如冰使盛自取之盛念攜歸可作酒枚遂取其六褐衣人以爲過廉代取六枚付盛並褁之囑納腰橐拱

手曰足矣辭叟出仍令附體而下俄頃及地盛稽首請示僊號笑曰適即所謂觔斗雲也盛恍然悟爲大聖又求佑護曰適所會財星賜利十二分何須他求盛又拜之起視巳渺旣歸喜而告兄解取共視則融入腰橐矣後輦貨而歸其利倍蓰自此屢至閩必禱大聖他人之禱時不甚驗盛所求無不應者

異史氏曰昔士人過寺畫琵琶於壁而去比反則其靈大著香火相屬焉天下事固不必實有其人人靈之則旣靈焉矣何以故人心所聚而物或托焉耳若盛之方鯁固宜得神明之佑豈眞耳內繡針毫毛能變足下觔斗碧落可升哉卒爲邪惑亦其見之不眞也



## 青蛙神

江漢之間俗事蛙神最虔祠中蛙不知幾百千萬有大如籠者或犯神怒家中輒有異兆蛙游几榻甚或攀緣滑壁不得墮其狀不一此家當凶人則大恐斬牲禳禱之神喜則巳楚有薛崑生者幼慧美姿容六七歲時有青衣媼至其家自稱神使坐致神意願以女下嫁崑生薛翁性朴拙雅不欲辭以兒幼雖故却之而亦未敢議

昏他姓遲數年崑生漸長委禽於姜氏神告姜曰薛崑生吾壻也何得近禁臠姜懼反其儀薛翁憂之潔牲往禱自言不敢與神相匹偶祝已見肴酒中皆有巨蛆浮出蠢然擾動傾棄謝罪而歸心益懼亦姑聽之一日崑生在途有使者迎宣神命苦邀移趾不得已從與俱往入一朱門樓閣華好有叟坐堂上類七八十歲人崑生伏謁叟命曳起之賜坐案旁少間婢媪集視紛紜滿側叟顧曰入言薛郎至矣數婢奔去移時一媪率女郎出年十六七麗絕無儔叟指曰此小女十娘自謂與君可



稱佳偶君家尊乃以異類見拒此自百年事父母止主其半是在君耳崑生目注十娘心愛好之默然不言媪曰我固知郎意良佳請先歸當即送十娘往也崑生曰諾趨告翁翁倉遽無所爲計乃授之詞使返謝之崑生不肯行方誚讓間輿已在門青衣成羣而十娘入矣上堂朝拜翁姑見之皆喜即夕合卺琴瑟甚諧由此神翁神媪時降其家視其衣赤爲喜白爲財必驗以故家日興自昏於神門堂藩溷皆蛙人無敢詬蹴之惟崑生少年任性喜則忘怒則踐斃不甚愛惜十娘雖謙馴但善

怒頗不善崑生所爲而崑生不以十娘故斂抑之十娘語侵崑生崑生怒曰豈以汝家翁媼能禍人耶丈夫何畏蛙也十娘甚諱言蛙聞之恚甚曰自妾入門爲汝家田增粟賈益價亦復不少今老幼皆已溫飽遂如鴞鳥生翼欲啄母睛耶崑生益憤曰吾正嫌所增汚穢不堪貽子孫請不如早別遂逐十娘翁媼既聞之十娘已去呵崑生使急往追復之崑生盛氣不屈至夜母子俱病鬱悶不食翁懼負荊於祠詞義殷切過三日病尋愈十娘亦自至夫妻懽好如初十娘日輒凝妝坐不操女紅



崑生衣履一委諸母母一日忿曰兒既娶仍累媼人家婦事姑吾家姑事婦十娘適聞之負氣登堂曰兒婦朝侍食暮問寢事姑者其道如何所短者不能吝傭錢自作苦耳母無言慚沮自哭崑生入見母涕痕詰得故怒責十娘十娘執辯不相屈崑生曰娶妻不能承歡不如勿有便觸老蛙怒不過橫災死耳復出十娘十娘出門逕去次日居舍災延燒數屋几案牀榻悉爲煨燼崑生怒詣祠責數曰養女不能奉翁姑略無庭訓而曲護其短神者至公有教人畏婦者耶且盎盂相敲皆臣所爲

無所涉於父母刀鋸斧鉞卽加臣身如其不然我亦焚汝居室聊以相報言已負薪殿下爇火欲舉居人集而哀之始憤而歸父母聞之大懼失色至夜神示夢於近村使爲壻家營宅及明賚材鳩工共爲崑生建造辭之不止日數百人相屬於道不數日第舍一新牀幕器具悉備焉修除甫竟十娘已至登堂謝過言詞溫婉轉身向崑生展笑舉家變怨爲喜自此十娘性益和居二年無間言十娘最惡蛇崑生戲函小蛇紿使啟之十娘色變詬崑生崑生亦轉笑生嗔惡相抵十娘曰今番不待



相迫逐請從此絕遂出門去薛翁大恐杖崑生請罪於神幸不禍之亦寂無音積有年餘崑生念十娘頗自悔竊詣神所哀十娘迄無聲應未幾聞神以十娘字袁氏中心失望因亦求昏他族而歷相數家並無如十娘者於是益思十娘往探袁氏則已堊壁滌庭候魚軒矣心愧憤不能自已廢食成疾父母憂皇不知所處忽昏憒中有人撫之曰大丈夫頻欲斷絕又作此態開目則十娘也喜極躍起曰卿何來十娘曰以輕薄人相待之禮止宜從父命另醮而去固久受袁家采幣妾千思萬思

而不忍也卜吉已在今夕父又無顏反璧妾親攜而置之矣適出門父走送曰癡婢不聽吾言後受薛家凌虐縱死亦勿歸也崑生感其義爲之流涕家人皆喜奔告翁媼媼聞之不待往朝奔入子舍執手嗚泣由此崑生亦老成不作惡謔於是情好益篤十娘曰妾向以君儇薄未必遂能相白首故不敢留孽根於人世今已靡他妾將生子居無何神翁神媼着朱袍降臨其家次日十娘臨蓐一舉兩男由此往來無間居民或犯神怒輒先求崑生乃使婦女輩盛妝入闥朝拜十娘十娘笑則解



薛氏苗裔甚繁人名之薛蛙子家近人不敢呼遠人呼之

## 晚霞

五月五日吳越間有鬬龍舟之戲刳木爲龍繪鱗甲飾以金碧上爲雕甍朱檻帆旌皆以錦繡舟末爲龍尾高丈餘以布索引木板下有童坐板上顚倒滚跌作諸巧劇下臨江水險危欲墮故其購是童也先以金啗其父母預調馴之墮水而死勿悔也吳門則載美妓較不同耳鎭江有蔣氏童阿端方七歲便捷奇巧莫能過聲價

益起十六歲猶用之至金山下墮水死蔣媼止此子哀鳴而已阿端不自知死有兩人導去見水中別有天地回視則流波四繞屹如壁立俄入宮殿見一人兜牟坐兩人曰此龍窩君也便使拜伏龍窩君顏色和霽曰伎巧可入柳條部遂引至一所廣殿四合趨上東廊有諸年少出與爲禮率十三四歲即有老媼來衆呼解姥坐令獻技已乃教以錢塘飛霆之舞洞庭和風之樂但聞鼓鉦皇聒諸院皆響既而諸院皆息姥恐阿端不能即嫺獨絜絜調撥之而阿端一過殊已了了姥喜曰得此



兒不讓晚霞矣明日龍窩君按部諸部畢集首按夜义部鬼面魚服鳴大鉦圍四尺許鼓可四人合抱之聲如巨霆叫噪不可復聞舞起則巨濤洶湧橫流空際時墮一點星光及着地消滅龍窩君急止之命進乳鶯部皆二八姝麗笙樂細作一時清風嫋嫋波聲俱靜水漸凝如水晶世界上下通明按畢俱退立西墀下次按燕子部皆垂髫人內一女郎年十四五已來振袖傾鬟作散花舞翩翩翔起襟袖襪履間皆出五色花朵隨風颺下飄泊滿庭舞畢隨其部亦下西墀阿端旁睨雅愛好之

問之同部即晚霞也無何喚柳條部龍窩君特試阿端端作前舞喜怒隨腔俛仰中節龍窩君嘉其慧悟賜五文袴褶魚鬚金束髮上嵌夜光珠阿端拜賜下亦趨西墀各守其伍端於衆中遙注晚霞晚霞亦遙注之少間端逡巡出部而北晚霞亦漸入部而南相去數武而法嚴不敢亂部相視神馳而已既按蛺蝶部童男女皆雙舞身長短年大小服色黃白皆取諸同諸部按已魚貫而出柳條在燕子部後端疾出部前而晚霞已緩滯在後回首見端故遺珊瑚釵端急內袖中既歸凝思成疾



眠餐頓廢解姥輒進甘旨日三四省撫摩殷切病不少瘥姥憂之罔所爲計曰吳江王壽期已迫且爲奈何薄暮一童子來坐榻上與語自言隸蛺蝶部從容問曰君病爲晚霞否端驚問何知笑曰晚霞亦如君耳端悽然起坐便求方計童問尚能步否答云勉強尚能自力童挽出南啟一戶折而西又闢雙扉見蓮花數十畝皆生平地上葉大如席花大如蓋落瓣堆梗下盈尺童引入其中曰姑坐此遂去少時一美人撥蓮花而入則晚霞也相見驚喜各道相思略述生平遂以石壓荷蓋令側

雅可障蔽又勻鋪蓮瓣而藉之忻與狎寢旣訂後約日以夕陽爲候乃別端歸病亦尋愈由此兩人日一會於蓮畝過數日隨龍窩君往壽吳江王稱壽已諸部悉還獨留晚霞及乳鶯部一人在宮中教舞數月更無音耗端悵望若失惟解姥日往來吳江府端托晚霞爲外妹求攜去冀一見之留吳江門下數日宮禁森嚴晚霞苦不得出怏怏而返積月餘癡想欲絶一日解姥入戚然相弔曰惜乎晚霞投江矣端大駭涕下不能自止因毁冠裂服藏金珠而出意欲相從俱死但見江水若壁以



首力觸不得入念欲復還懼問冠服罪將增重意計窮蹙汗流浹踵忽睹壁下有大樹一章乃猱攀而上漸至端杪猛力躍墮幸不沾濡而竟已浮水上不意之間恍睹人世遂飄然泅去移時得岸少步江濱頓思老母遂趁舟而去抵里四顧居廬忽如隔世次且至家忽聞窗中有女子曰汝子來矣音聲甚似晚霞俄與母俱出果霞斯時兩人喜勝於悲而媼則悲疑驚喜萬狀俱作矣初晚霞在吳江覺腹中震動龍宮法禁嚴恐旦夕身娩橫遭撻楚又不得一見阿端但欲求死遂潛投江水身

泛起浮沉波中有客舟拯之問其居里晚霞故吳名妓溺水不得其尸自念衙院不可復投遂曰鎮江蔣氏吾壻也客因代賃扁舟送諸其家蔣媼疑其錯悞女自言不悞因以情詳告媼媼以其風格韻妙頗愛悅之第慮年太少必非肯終寡也者而女孝謹顧家中貧便脫珍飾售數萬媼察其志無他良喜然無子恐一旦臨蓐不見信於戚里以謀女女曰母但得眞孫何必求人知媼亦安之會端至女喜不自已媼亦疑兒不死陰發兒塚骸骨俱存因以此詰端端始爽然自悟然恐晚霞惡其



非人囑母勿復言母然之遂告同里以爲當日所得非兒尸然終慮其不能生子未幾竟舉一男捉之無異常兒始悅久之女漸覺阿端非人乃曰胡不早言凡鬼衣龍宮衣七七魂魄堅凝生人不殊矣若得宮中龍角膠可以續骨節而生肌膚惜不早購之也端貨其珠有賈胡出貲百萬家由此巨富値母壽夫妻歌舞稱觴遂傳聞淮王邸王欲强奪晚霞端懼見王自陳夫婦皆鬼驗之無影而信遂不之奪但遣宮人就別院傳其技女以龜溺毁容而後見之教三月終不能盡其技而去

## 白秋練

直隸有慕生小字蟾宮商人慕小寰之子聰慧喜讀年十六翁以文業迂使去而學賈從父至楚每舟中無事輒便吟誦抵武昌父留居逆旅守其居積生乘父出執卷哦詩音節鏗鏘輒見窗影憧憧似有人竊聽之而亦未之異也一夕翁赴飲久不歸生吟益苦有人徘徊窗外月映甚悉怪之遽出窺覘則十五六傾城之姝望見生急避去又二三日載貨北旋暮泊湖濱父適他出有媼入曰郎君殺吾女矣生驚問之荅云妾白姓有息女



秋練頗解文字言在郡城得聽清吟於今結想至絕眠餐意欲附爲婚姻不得復拒生心實愛好第慮父嗔因直以情告媼不信務要盟約生不肯媼怒曰人世姻好有求委禽而不得者今老身自媒反不見內耻孰甚焉請勿想北渡矣遂去少間父歸善其詞以告之隱冀垂納而父以涉遠又薄女子之懷春也笑置之泊舟處水深沒棹夜忽沙磧擁起舟滯不得動湖中每歲客舟必有留住守洲者至次年桃花水溢他貨未至舟中物當百倍於原直也以故翁未甚憂怪獨計明歲南來尚須

揭覆於是罶子自歸生竊喜恨不詰媼居里日既暮媼與一婢扶女郎至展衣臥諸榻上向生曰人病至此莫高枕作無事者遂去生初聞而驚移燈視女則病態含嬌秋波自流略致訊詰嫣然微笑生强其一語曰爲郎憔悴却羞郎可爲妾咏生狂喜欲近就之而憐其荏弱探手於懷接脣爲戲女不覺懽然展謔乃曰君爲妾三吟王建羅衣葉葉之作病當愈生從其言甫兩過女攬衣起坐曰妾愈矣再讀則嬌顫相和生神志益飛遂滅燭共寢女未曙已起曰老母將至矣未幾媼果至見女



凝妝懽坐不覺欣慰邀女去女俛首不語媼卽自去曰汝樂與郎君戲亦自任也於是生始研問居止女曰妾與君不過傾蓋之友婚嫁尚不可必何須令知家門然兩人互相愛悅要誓良堅女一夜早起挑燈忽開卷凄然淚熒生急起問之女曰阿翁行且至我兩人事妾適以卷卜展之得李益江南曲詞意非祥生慰解之曰首句嫁得瞿塘賈卽已大吉何不祥之與有女乃稍懽起身作別曰暫請分手天明則千人指視矣生把臂哽咽問好事如諧何處可以相報曰妾常使人偵探之諧否

無不聞也生將下舟送之女力辭而去無何慕果至生漸吐其情父疑其招妓怒加詬厲細審舟中則物並無虧損譙訶乃已一夕翁不在舟女忽至相見依依莫知決策女曰低昂有數且圖目前姑留君兩月再商行止臨別以吟詩爲相會之約由此值翁他出遂高吟則女自至四月行盡物價失時諸賈無策斂貲禱湖神之廟端陽後雨水大至舟始通生既歸凝思成疾慕憂之巫醫並進生私告母曰病非藥禳可痊唯有秋練至耳翁初怒之久之支離益憊始懼賃車載子復如楚泊舟故



處訪居人並無知白媼者會有媼操柁湖濱即出自任翁登其舟窺見秋練心竊喜而審詰邦族則浮家泛宅而已因實告子病由冀女登舟姑以解其沉痛媼以婚無成約弗許女露半面殷殷窺聽聞兩人言背淚欲墮媼視女面因翁哀請即亦許之至夜翁出女果至就榻嗚泣曰昔年妾狀今到君耶此中況味要不可不使君知然羸頓如此急切何能使瘳妾請爲君一吟生亦喜女亦吟王建前作生曰此卿心事醫二人何得效然聞卿聲神已爽矣試爲我吟楊柳千條盡向西女從之生

贊曰快哉卿肯誦詩餘有采蓮子云菡萏香連十頃陂
心尚未忘煩一曼聲度之女又從之甫闋生躍起曰小
生何嘗病哉遂相狎抱沉痾若失既而問父見媪何詞
事得諧否女已察知翁意直對不諧既而女去父來見
生已起喜甚但慰勉之因曰女子良佳然自總角時把
柂櫂歌無論微賤抑亦不貞生不語翁既出女復來生
述父意女曰妾窺之審矣天下事愈急則愈遠愈迎則
愈拒當使意自轉反相求生問計女曰凡商賈志在利
耳妾有術知物價適視舟中物並無少息爲我告翁居



某物利三之某物十之歸家妾言驗則妾爲佳婦矣再
來時君十八妾十七相歡有日何憂爲生以所言物價
告父父頗不信姑以餘貲半從其教既歸所自置貨貲
本大虧幸少從女言得厚息略相準以是服秋練之神
生益誇張之謂女自言能使己富翁於是益揭貲而南
至湖數日不見白媪過又數日始見其泊舟柳下因委
禽焉媪悉不受但涓吉送女過舟翁另賃一舟爲子合
卺女乃使翁益南所應居貨悉籍付之媪乃邀壻去家
於其舟翁三月而返物至楚價以倍蓰將歸女求載湖

水既歸每食必加少許如用醯醬焉由是每南行必爲致數罈而歸後三四年舉一子一日涕泣思歸翁乃偕子及婦俱如楚至湖不知媼之所在女扣舷呼母神形喪失促生沿湖問訊會有釣鱘鰉者得白驥生近視之巨物也形全類人乳陰畢具奇之歸以告女女大駭謂夙有放生願囑生贖放之生往商釣者釣者索直昂女曰妾在君家謀金不下巨萬區區者何遂靳直也如必不從妾卽投湖水死耳生懼不敢告父盜金贖放之既返不見女搜之不得更盡始至問何往曰適至母所問



母何在覥然曰今不得不實告矣適所贖卽妾母也向在洞庭龍君命司行旅近宮中欲選嬪妃妾被浮言者所稱道遂勑妾母坐相索妾母實奏之龍君不聽放母於南濱餓欲死故罹前難今難雖免而罰未釋君如愛妾代禱眞君可免如以異類見憎請以兒擲還君妾去龍宮之奉未必不百倍君家也生大驚慮眞君不可得見女曰明日未刻眞君當至見有跛道士急拜之入水亦從之眞君喜文士必合憐允乃出魚腹綾一方曰如問所求卽出此求書一免字生如言候之果有道士蹩

躃而至生伏拜之道士急走生從其後道士以杖投水躍登其上生竟從之而登則非杖也舟也又拜之道士問何求生出羅求書道士展視曰此白驥翼也子何遇之蟾宮不敢隱詳陳顛末道士笑曰此物殊風雅老龍何得荒淫遂出筆草書免字如符形返舟令下則見道士踏杖浮行頃刻已渺歸舟女喜但囑勿洩於父母歸後二三年翁南遊數月不歸湖水既罄久待不至女遂病日夜喘息囑曰如妾死勿瘞當於卯午酉三時一吟杜甫夢李白詩死當不朽候水至傾注盆內閉門緩妾



衣抱入浸之宜得活喘息數日奄然遂斃後半月慕翁至生急如其教浸一時許漸甦自是每思南旋後翁死生從其意遷於楚

## 金和尚

金和尚諸城人父無賴以數百錢鬻於五蓮山寺少頑鈍不能肄清業牧猪赴市若爲傭後本師死稍有所遺金卷懷離寺作雜負販飲羊登壟計最工數年暴富買田宅於水坡里弟子繁有徒食指日千計遶里千百畝悉良沃皆金撫有之里中甲第數十皆僧無人即有人

亦其貧無業攜妻子僦屋佃田者也類凡數百家每一門內四繚連屋皆此輩列而居僧舍其中前有廳事梁楹節梲繪金碧射人眼堂上几屏其光可鑑又其後爲內寢朱簾繡幙蘭麝香充溢噴人螺鈿雕檀爲牀牀上錦裀褥褶疊厚尺有咫壁上美人山水諸名跡懸粘幾無隙處一聲長呼門外數十人轟應如雷細纓革靴者鳥而集鵠而立當事掩口語側耳以聽客倉猝至十餘筵咄嗟可辦肥濃蒸薰紛紛狼籍如霧霈但不敢公然蓄歌妓而狡童十數輩皆慧黠能媚人皁紗纏頭唱豔



曲聽睹亦頗不惡金一出前後數十騎腰弓矢相摩戛奴輩呼之皆以爺卽邑之人若民或祖之伯叔之不以師不以上人不以禪號也其徒出稍稍殺於金而風鬃雲轡亦畧與貴公子等金又廣結納卽千里外呼吸可通以此挾方面短長偶氣觸之輒惕自懼而其爲人鄙不文頂趾無雅骨生平不奉一經持一咒跡不履寺院室中亦未嘗蓄鐃鼓此等物門人輩弗及見並弗及聞凡僦屋者婦女浮麗如京都脂澤金粉皆取給於僧僧亦不之靳以故里中不田而農者以百數時而佃戶決

緇黨然皆兄弟行痛癢猶相關云

異史氏曰此一派也兩宗未有六祖無傳可謂獨闢法門者矣抑聞之五蘊皆空六塵不染是爲和尚口中說法座上參禪是爲和樣鞋香楚地笠重吳天是爲和撞鼓鉦鍠聒笙管敖曹是爲和唱狗苟鑽緣蠅營淫賭是爲和障金也者尚耶樣耶撞耶唱耶抑地獄之障耶